MÉLÉAGRE,

TRAGEDIE

REPRÉSENTÉE POUR LA PRÉMIERE FOIS

PAR L'ACADEMIE ROYALE
DE MUSIQUE,

Le Vendredy vingt-quatriéme jour de May 1709.

A PARIS,

Chez CHRISTOPHE BALLARD, feul Imprimeur du Roy
pour la Mufique, ruë S. Jean de Beauvais, au Mont-Parnaffe.

━━━━━━━━━━

M. DCCIX.

Avec Privilege de Sa Majefté.

LE PRIX EST DE TRENTE SOLS.

PERSONNAGES

DU PROLOGUE.

L'ITALIE. — Mademoiselle Milon.

Suite de l'Italie.

UN ITALIEN. — Monsieur Cochereau.

LA FRANCE. — Mademoiselle Poussin.

Suite de la France.

UNE FRANÇOISE. — Mademoiselle Aubert.

APOLLON. — Monsieur Beaufort.

Noms des Actrices & des Acteurs, chantants dans les Chœurs du Prologue, & de la Tragedie.

MESDEMOISELLES

Daulin.	Boizé.	Basset.	Dumesnil.
De Boisé.	Aubert.	d'Huqueville.	Du Vaurose.
Guillet.	Laurent.	De la Roche.	

MESSIEURS

Le Jeune.	Paris.	Verny.
Lebel.	Thomas.	Alexandre.
Beaufort.	Buseau.	Desmarts.
Cadot.	Courteil.	Rénard.
Crêté.	Perere.	Desjardins.
Bertrand.	Corbie.	Ledé.
Mantienne.	Dessouches.	Grasnet.

DIVERTISSEMENT
du Prologue.

PREMIERE ENTRE'E.
L'ITALIE.
Mademoiselle Prevoſt.

SUITE DE L'ITALIE.
Meſſieurs Marcelle-L, Javilliers, & Godreau.
Meſdemoiſelles Challou, Dufrêne, & Mangot.

DEUXIE'ME ENTRE'E.
LA FRANCE.
Mademoiſelle Guyot.

SUITE DE LA FRANCE.
Meſſieurs P-Dumoulin, Dangeville-L., & Dangeville-C,

Meſdemoiſelles Douville, Lemaire, & Menés.

La Muſique de cette Piece eſt ſous preſſe. On eſpere la donner quinze jours aprés la premiere repreſentation ; Elle eſt imprimée de la forme d'ISSE', & du même prix.

On vend le Recueil général des Paroles des Opera, en huit Volumes in douze, ornez de Planches,   16. liv.

PROLOGUE.

Le Théatre repréſente un Jardin borné
par la vûë d'une Maiſon Royale.

SCENE PRÉMIERE.

L'ITALIE, Suite de l'ITALIE.

L'ITALIE.

'Eſt icy le brillant ſéjour,
Où ce Roy, dont le nom remplit toute
la Terre,
Tient ſon auguſte Cour;
C'eſt icy que, malgré les fureurs de la
Guerre,
Il raſſemble de toutes parts
Les Muſes & les Aris.

Une secrette jalousie
M'a fait douter en vain des beautez de ces lieux.
Ah! par le raport de mes yeux,
Je n'en suis que trop éclaircie.
Je ne suis plus, helas! cette fiere Italie,
Dont l'Univers tremblant adoroit la grandeur;
Sous le débris des ans elle est ensevelie,
Et la France à son tour brille de la splendeur
Que la Fortune m'a ravie.
O vous, qui prenez part au trouble de mes sens,
Suspendez par vos jeux, la douleur que je sens.

UN SUIVANT DE L'ITALIE.

Su la bella navicella di speranza

Solco il mare di Cupido,

Lieta calma gode l'Alma é ogn'or s'avanza

Dei contenti al caro lido.

SCENE DEUXIÉME.

LA FRANCE & sa Suite, L'ITALIE & sa Suite.

LA FRANCE.

Quels sons ont éveillé les échos d'alentour!
Quelle nouvelle melodie!
Est-ce vous, superbe Italie,
Qui faites de vos chants retentir cette Cour?

L'ITALIE.

Etouffez une injuste haine,
C'est peu que le Heros, dont vous suivez les loix,
Ait transporté par ses exploits,
La gloire des Cesars sur les bords de la Seine;
En sa faveur le Dieu des vers
Vous céde le Laurier qui me rendit si vaine;
Envierez-vous encor à mes doctes Concerts,
L'honneur de plaire à l'Univers?

LA FRANCE.

Les sons harmonieux que vous faites entendre
Surprennent, il est vray, l'oreille & les esprits;
Mais y voit-on regner ce charme doux & tendre,
Dont le cœur ne peut se défendre?

PROLOGUE.

L'ITALIE.

Ecoutez-les, jugez mieux de leur prix.

Divin Pere de l'harmonie,
Fay sentir le pouvoir de nos sçavants accords ;
Du feu de tes ardents transports,
Echauffe nôtre heureux génie.

LE CHOEUR de la Suite de l'ITALIE.

Regne sur nos Concerts ; que leurs sons éclatants,
De nos fiers Ennemis, étouffent le murmure.

LA FRANCE.

Graces, qui prétez à nos chants
Cette beauté naïve & pure
Que vous puisez au sein de la nature ,
Inspirez-nous vos sons les plus touchants.

LE CHOEUR de la Suite de la FRANCE.

Que le charme flateur de nos tendres accents
Enchante les cœurs & les sens.

SCENE III.

SCENE TROISIÉME.

APOLLON, LA FRANCE, L'ITALIE, & leurs Suites.

APOLLON.

*CAlmez, ces vains debats Toy Nimphe, à qui la
    Grece
Fit passer des beaux Arts & l'honneur & l'amour,
En faveur du Heros qui pour eux s'interesse,
    Permet que la France à son tour
        Fasse éclater leur gloire ;
    Et qu'avec toy dans ses Concerts,
    Elle partage la victoire
    Sur le reste de l'Univers.*

*Signalez en ce jour vôtre ardeur réünie,
    Chantez, redoublez vos efforts,
    Faites triompher l'harmonie,
Par le mélange heureux de vos plus doux accords.*

UNE SUIVANTE DE LA FRANCE.

*Calmez, aimables Chansonettes,
Les soins des Amants malheureux ;
Sans vous, sans les tendres Musettes,
Que deviendroient les Bergers amoureux ?*

B

PROLOGUE.
LES CHOEURS.

Signalons en ce jour nôtre ardeur réünie.
Chantons, redoublons nos efforts,
Faisons triompher l'harmonie,
le mélange heureux de nos plus doux accords.

FIN DU PROLOGUE.

ACTEURS

DE LA TRAGEDIE.

ALTHE'E, *Reyne de Calydon.* Mad^{elle} Journet.

ATALANTE, *Reyne d'Arcadie.* Mad^{elle}. Dun.

ME'LE'AGRE, *fils d'Althée.* Mr. Thévenard.

PLEXIPPE, *frere d'Althée.* Monsieur Hardoüin.

CEPHISE, *Suivante d'Althée.* Mademoiselle Poussin.

IDAS, *Confident de Méléagre.* Monsieur Beaufort.

ARCAS, *Confident de Plexippe.* Monsieur Buseau.

UNE PRESTRESSE. Mademoiselle Dujardin.

Suite de la Prestresse.

UN CALYDONIEN. Monsieur Cochereau.

Ire. CALYDONIENE, Mademoiselle Poussin.

IIme. CALYDONIENE, Mademoiselle Aubert.

UN FAUNE, Monsieur Cochereau.

UNE DRIADE. Mademoiselle Poussin.

B ij

ACTEURS.

Chœur de Divinitez Champeſtres.

Chœur de Bergers & de Bergeres.

DIANE.   Mademoiſelle Dujardin.

Chœur de Peuples.

LES PARQUES.   Mrs Dun, Mantiene, & Crêté.

Chœur de Demons.

La Scene eſt à Calydon.

DIVERTISSEMENTS
de la Tragedie.

PREMIER ACTE.

TROUPE DE GUERRIERS.

Monsieur Dumoulin-L,
Messieurs Marcelle-L., Javillier, Gaudro, & Marcelle-C.

TROUPE DE PRESTRESSES.

Mademoiselle Chaillou,
Mesdemoiselles Lemaire, Menés, Dufresne, &
de Rochecourt.

SECOND ACTE.

TROUPE DE PEUPLES.

Messieurs Germain, Dumoulin-L., Marcelle-L., &
Javillier.

FEMMES DU PEUPLE.

Mesdemoiselles Chaillou, Milot, Dufresne, & Mangot.

TROUPE DE BERGERS.

Monsieur D-Dumoulin,
Messieurs Dangeville-L., Pecourt, & François.

TROUPE DE BERGERES.

Mademoiselle Guyot,
Mesdemoiselles Menés, Lemaire, & de Rochecourt.

TROISIÉME ACTE.

TROUPE DE FAUNES.

Monſieur Balon,

Meſſieurs Blondy, Marcelle-L., Pecourt, & Dangeville-L.

TROUPE DE DRIADES.

Meſdemoiſelles Milot, Lacroix, Menés, & Lemaire.

UNE BERGERE.

Mademoiſelle Prevoſt.

PASTRES, & PASTOURELLES.

Meſſieurs Dubreüil, Pieret, & Pietre.

Meſdemoiſelles Dufrêne, Mangot, & de Rochecourt.

QUATRIÉME ACTE.

LES TROIS EUMENIDES.

Meſſieurs F-Dumoulin, P-Dumoulin, & D-Dumoulin.

TROUPE DE DEMONS.

Monſieur Blondy,

Meſſieurs Germain, Dumoulin-L, Javillier, Pecourt,
Dubreüil, & Marcelle-C.

CINQUIÉME ACTE.

TROUPE DE PEUPLES.

Meſſieurs Germain, Dumoulin-L., Ferand, Blondy,
Marcelle-L., & Javilier.

Meſdemoiſelles Lemaire, Lacroix, Menés, Mangot,
Dufrêne, & de Rochecourt.

MÉLÉAGRE,
TRAGEDIE.

ACTE PREMIER.

Le Théatre repréſente un Temple.

SCENE PREMIERE.
ALTHE'E, CEPHISE.

ALTHE'E.

Reine infortunée ! O Deſtin trop ſevere !
Ne puis-je de Diane appaiſer la colere !
Si dans un Sacrifice offert à tous les Dieux,
Ton nom fût oublié, Déeſſe impitoyable,
Ce Peuple qui n'eſt point coupable
Devroit-il perir à mes yeux,
Sous les cruels efforts d'un Monſtre furieux ?

O Reine infortunée ! O Deſtin trop ſevere !
Ne puis-je de Diane appaiſer la colere !

MELEAGRE,

CEPHISE.

Le Ciel écoutera nos voix,
Esperez tout de nôtre zele :
Si les Dieux contre nous s'irritent quelque fois,
Leur haine n'est pas immortelle.

ALTHE'E.

Ah! je dois craindre encor un plus cruel malheur.
Chaque jour, chaque instant redouble ma terreur.
Au milieu du sommeil, dans un songe effroyable,
J'ay vû le flambeau redoutable
D'où dépend le sort de mon Fils,
Et qu'en mes mains les Parques ont remis ;
Quel spectacle a frapé ma vûë !
Tremblante, interdite, éperduë,
Tout à coup à mes yeux je l'ay vû s'allumer :
Mais, ô présage affreux que je ne puis trop craindre!
Les efforts impuissants que j'ay faits pour l'éteindre,
Loin d'étouffer ses feux sembloient les animer ;
Ma douleur, mon amour, les transports de mon âme,
Les pleurs que je versois en irritoient la flame,
Et je l'ay vû se consumer.

SCENE II.

SCENE DEUXIÉME.

ALTHE'E, ME'LE'AGRE.

ME'LE'AGRE.

*Q*Uoy! rien ne peut calmer la douleur qui vous preſſe?
Et pour entretenir vôtre ſombre triſteſſe,
Vous avez, en ces lieux devancé nos Heros ;
Dans ce Temple avec eux le Peuple va ſe rendre :
Si prés de voir finir nos maux,
Lorſque tant de Guerriers s'arment pour nous défendre,
Quel ſujet peut encor troubler vôtre repos ?

ALTHE'E.

Un noir preſentiment en ſecret m'épouvante,
De la fiére Déeſſe appaiſons le courroux,
Ses Autels negligez, l'irritent contre nous :
Mon Fils, joignez vos vœux à ma voix ſuppliante.

ALTHE'E & ME'LE'AGRE.

O vous ! qui cauſez nos malheurs,
Laiſſez-vous toucher de nos pleurs.

ALTHE'E.

Mon Frere vient.

ME'LE'AGRE.

Il conduit la Princeſſe :

à part,

O toy ! qui m'a ſoûmis au pouvoir de ſes yeux,
Rend la ſenſible à ma tendreſſe,
Amour, pour mon bonheur retien-la dans ces lieux.

C

SCENE TROISIÉME.

ATALANTE, ALTHE'E, ME'LE'AGRE, PLEXIPPE.

ATALANTE.

SOuffrez qu'à vos douleurs je puisse unir l'hommage
D'un cœur que la Déesse a soûmis à ses loix,
  Comme elle dans nos bois
   J'exerce mon courage.
Le bruit de vos malheurs rassemble dans ces lieux,
Nos plus fameux Heros guidez par la Victoire,
Je veux en combattant un Monstre furieux,
Partager avec eux le peril & la gloire.

ME'LE'AGRE.

Cessez de nous offrir un dangereux secours.
  N'augmentez point le sujet de nos larmes,
Belle Atalante, hélas! en exposant vos jours
  Pouvez-vous calmer nos allarmes?

PLEXIPPE.

Vous triomphez de tous les cœurs,
Rien ne peut résister à l'éclat de vos charmes.
Laissez-nous ignorer le pouvoir de vos armes,
Contentez-vous de vos attraits vainqueurs.

ALTHÉE.

Pour présenter nos vœux, la Prétresse s'avance,
Secondons son ardeur, reparons notre offence.

SCENE QUATRIÉME.

LA PRETRESSE, ALTHÉE, ATALANTE,
MÉLÉAGRE, PLEXIPPE, CEPHISE,
Suite de la PRETRESSE, CHOEUR de Peuples.

LA PRETRESSE.

Diane, écoûte nos regrets,
Entend la voix, d'un Peuple qui t'adore,
C'eſt ta clemence que j'implore ;
Fai ceſſer les cruels effets
De ta vengeance redoutable,
Et jette un regard favorable
Sur les jeux qu'en ton nom je conſacre à jamais,

LE CHOEUR.

Si nôtre plainte eſt inutile,
O Ciel! où ſera nôtre aZile !
Quelle horreur! quel ravage affreux !
Tout perit dans ces lieux.

O Ciel! où ſera nôtre azile !

LA PRESTRESSE.

Serez-vous inſenſible à nos triſtes accents ;
Diane, recevez nos vœux & nôtre encens.

Mais quels soudains transports ! quelle fureur divine,
S'empare de mes sens
Et m'annonce le sort que le Ciel vous destine!

Ce jour doit de Diane appaiser le couroux,
Assez de maux auront signalé sa vengeance.
Le Destin dont les Dieux réverent la puissance
Va livrer le Monstre à nos coups.

La PRESTRESSE sort avec sa Suite.

ALTHE'E.

Le Ciel à nos malheurs se rend enfin sensible.
Détruisons, détruisons cét Ennemi terrible.

ALTHE'E sort.

CEPHISE.

Hâtez nôtre bonheur,
Allez, volez où l'honneur vous appelle.
Une gloire immortelle
Sera le prix du vainqueur.

LE CHOEUR.

Hâtons nôtre bonheur,
Allons, volons où l'honneur nous appelle....

ATALANTE au CHOEUR.

Arrestez, & souffrez qu'une gloire si belle
Soit reservée à ma valeur.

ME'LE'AGRE & PLEXIPPE.

De ce Monstre cruel, redoutez la fureur.

MELEAGRE,

ATALANTE & MELEAGRE.

A. ⎰ *Laißez m'en triompher:* ⎱ *cedez* ⎰ *moy* ⎱ *la victoire.*
M. ⎱ *Craignez d'y succomber:* ⎰ *cedez* ⎱ *nous* ⎰ *la victoire.*

ATALANTE.

Cessez de m'arrester, ou craignez mon couroux.
Venez voir expirer le Monstre sous mes coups.
Je veux que vous soyez les témoins de ma gloire.

FIN DU PREMIER ACTE.

ACTE SECOND.

Le Théatre repréfente un endroit voifin de la Foreft de Calydon.

SCENE PREMIERE.

ALTHEE

 *Spoir, vien regner dans mon cœur,*
Et fufpends un moment ma crainte &
 ma douleur ;
Ne peux-tu calmer mes allarmes;
Et quand tout me promet un paifible
 bonheur

Dois-je encore verfer des larmes !

Efpoir, vien regner dans mon cœur,
Et fufpends un moment ma crainte & ma douleur.

SCENE DEUXIÉME.

ALTHÉE, PLEXIPPE.

ALTHÉE.

AH ! Plexippe paroît.

PLEXIPPE.

Reine, foyez contente,
Vos vœux font exaucez, le Monftre eft abbatu.

ALTHÉE.

Et mon Fils ?

PLEXIPPE.

Son bonheur a rempli vôtre attente.
Son bras....

ALTHÉE.

A fa valeur ce triomphe étoit dû ;
Mon cœur impatient ne peut icy l'attendre,
Auprés de ce Vainqueur, hâtons-nous de nous rendre.

SCENE III.

SCENE TROISIÉME.

PLEXIPPE.

CRuels foupçons, tranfports jaloux,
Ne troublez point le cœur de l'Amant le plus tendre.

Quand l'Amour me frapa des plus fenfibles coups
J'ignorois les tourments que j'en devois attendre.

Cruels foupçons, tranfports jaloux,
Ne troublez point le cœur de l'Amant le plus tendre.

D

SCENE QUATRIÉME.

PLEXIPPE, ARCAS.

ARCAS.

PRince, qui peut causer le trouble où je vous voi?
  Lorsque la mort d'un Monstre horrible
Bannit de ces climats le carnage & l'effroi,
Seul à nôtre bonheur vôtre cœur insensible
  Se livre à de nouveaux tourments.

PLEXIPPE.

Arcas, c'est le sort des Amants.

  Le Dieu qui les tient dans ses chaînes
  A son gré regle leurs desirs :
  L'Amour seul fait toutes leurs peines;
Le seul Amour peut faire leurs plaisirs.

ARCAS.

Vous aimez? & quel est l'Objet qui vous enchante?

PLEXIPPE.

Peux-tu le demander, & connoître Atalante?

Mais appren, cher Arcas, l'excés de ma douleur.
Atalante du Monstre éprouvoit la fureur;
  Pour prevenir sa perte trop certaine,
J'ay voulu vainement signaler ma valeur;
  J'ay vû l'Ingrate, l'Inhumaine
Meprifer mon secours, insulter à ma peine,
  Aux yeux d'un plus heureux Vainqueur.
Méléagre l'adore, il a touché son cœur.

ARCAS.

Quel injufte foupçon vous trouble & vous tourmente!
Hé n'avez vous pas vû la fuperbe Atalante,
  Par des regards pleins de couroux,
  Condamner l'audace éclatante
De ce même Heros dont vous êtes jaloux ?

PLEXIPPE.

Ah ! fon foible dépit cachoit mal fa tendreffe.

ARCAS.

Cependant elle part, & fon cœur irrité
Fuit des jeux importuns qui bleffent fa fierté.
Méléagre paroît ; quelle fombre trifteffe !
Son trouble dit affez qu'il n'eft point écouté.

PLEXIPPE.

Que dis-tu ? quel efpoir ! ah! cherchons la Princeffe;
Pour l'éloigner, Arcas, employons nos efforts ;
Allons, & fervons-nous de fes premiers tranfports.

SCENE CINQUIEME

ALTHE'E, MELE'AGRE.

ALTHE'E.

REcevez les honneurs dûs à vôtre courage,
Mon Fils, si de ces lieux les troubles sont bannis
C'est de vôtre valeur le glorieux ouvrage;
A combien de Rivaux vous arrachez le prix.
Vous ne repondez point ? vous soupirez, mon Fils.

MELE'AGRE.

Mille troubles secrets s'emparent de mon ame.
Aprés m'avoir frapé des plus sensibles traits,
Atalante me fuit, je la perds pour jamais.
Quel prix de l'ardeur qui m'enflâme !

SCENE SIXIÉME.

ALTHE'E, ME'LE'AGRE, & LE CHOEUR.

LE CHOEUR deriere le Théatre.

*L*Es Jeux & les Plaisirs vont regner à leur tour ;
    Goûtons un répos plein de charmes.

A L T H E'E.

Le Peuple vient ; ce bruit annonce son retour :
    Témoin du succés de vos armes,
    Il vient celebrer ce grand jour.

ME'LE'AGRE.

Vain triomphe ! tandis que l'absence & l'amour
Excitent dans mon cœur de nouvelles allarmes.

SCENE SEPTIÉME.

ALTHE'E, MELE'AGRE, IDAS, CHOEUR de Peuples.

LE CHOEUR.

L Es Jeux & les Plaisirs vont regner à leur tour;
Goûtons un repos plein de charmes.

UN CALYDONIEN.

Formez les plus charmants concerts,
Chantez de ce Heros la valeur triomphante;
Que la trompette éclatante
Fasse voler sa gloire au bout de l'Univers.

UNE CALYDONIENE.

Doux Plaisirs, vos charmes flateurs
Ne sçauroient enchanter les cœurs,
Si l'Amour ne les rend sensibles:
Repand sur nous tes plus tendres faveurs,
Vole Amour, dans ces lieux paisibles.

AUTRE CALYDONIENE.

Revenez, doux Plaisirs, dont l'absence cruelle
Chasse les Ris & les Jeux,
Faites naître des jours heureux,
La Paix dans ces lieux vous appelle.

IDAS.

Contre le Monſtre & ſa fureur,
Un Heros vient de nous défendre.

Faiſons par tout entendre,
Méléagre eſt vainqueur,
Celebrons ſa valeur.

LE CHOEUR.

Faiſons par tout entendre,
Méléagre eſt vainqueur,
Celebrons ſa valeur.

ME'LE'AGRE.

Il ſuffit, joüiſſez, d'un paiſible bonheur.

SCENE HUITIÉME.

MÉLÉAGRE.

Que me sert-il, helas ! de courir à la gloire,
Quand l'Amour irrité trahit tous mes desirs !
O Peuple trop heureux ! O fatale Victoire !
Que vous m'allez coûter de pleurs & de soupirs !
Atalante me fuit, mon triomphe l'offence,
Serois-je pour jamais privé de sa presence ?
Vainement elle évite un Vainqueur odieux.
Allons ou la fléchir, ou mourir à ses yeux.

FIN DU SECOND ACTE.

ACTE III.

ACTE TROISIÉME.

Le Théatre représente la Forest de Calydon.

SCENE PRÉMIERE.

ME'LE'AGRE.

 *E cherche vainement la Beauté qui*
m'enchante,
Vainement ces vastes Forests
Retentissent de mes regrets.
Revenez, revenez, inhumaine Ata-
lante,
Mon cœur impatient ne peut vivre sans vous.
Revenez, revenez, inhumaine Atalante,
Cedez à mon amour, calmez vôtre couroux.

E

SCENE DEUXIÉME,

MÉLÉÀGRE, IDAS.

MÉLÉAGRE.

Mais j'aperçois Idas, Dieux! que vient-il me
dire!
Dois-je esperer, helas! ou, faut-il que j'expire?
La Beauté dont mon cœur adore les attraits,
A t'elle abandonné ce séjour pour jamais?

IDAS.

Non je viens de la voir, & Plexippe avec elle....

MÉLÉAGRE.

Plexippe! quel soupçon! quelle crainte mortelle!
Seroit-il mon Rival! & tantôt de nos jeux
Se font-ils eloignez, tous deux d'intelligence!
    Ah! du mepris qu'elle fait de mes vœux
    Je n'accusois que son indiference,
Je dois peut-être, helas! me plaindre de ses feux.
Je ne puis resister à mon inquiétude.
Allons, je veux la voir; condui-moi, cher Idas;
Vers les lieux où tu crois qu'elle a porté ses pas.
    Les tourments de l'incertitude
Sont cent fois plus affreux pour moi que le trépas.

SCENE TROISIÉME.

ATALANTE, PLEXIPPE.

PLEXIPPE.

Non, je ne reponds plus des transports de ma rage.
 Tremblez, pour mon heureux Rival.

ATALANTE.

J'aimerois ce Heros à ma gloire fatal!

PLEXIPPE.

Mon desespoir & vôtre outrage
Contre ce fier Vainqueur devroient nous réünir.

ATALANTE.

Ne partagez point mon offence;
Epargnez-vous le soin de m'en entretenir.
Un cœur comme le mien suffit à sa vengeance.

PLEXIPPE.

Ah! vos détours sont superflus.
Le Rival que je crains n'a que trop sçû vous plaire,
Si vous le haïssiez, vous ne le verriez plus:
Mais il faut malgré vous, servir vôtre colere:
Et je vais dans son sang....

ATALANTE.

Cruel, qu'osez-vous faire?

E ij

ME'LE'AGRE,

PLEXIPPE.

Et vous ne l'aimez point ? qui peut me retenir!
Ingrate, je me livre au transport qui m'anime.
    C'est vôtre amour qui fait son crime,
C'est vous en l'immolant que mon bras va punir.

Il sort.

ATALANTE.

Va, cour, en t'arrêtant je prendrois ta défence,
    Et je meprise ta fureur.
Méléagre en sçaura dompter la violence.
    Helas ! je ne crains que mon cœur.

SCENE QUATRIÉME.

ATALANTE.

Venez Fierté, Raison severe,
Parlez, je n'écoute que vous,
Contre un penchant trop flateur & trop doux,
Secondez ma juste colere.
Venez Fierté, Raison severe,
Parlez, je n'écoute que vous.

Quel charme me retient dans ce lieu solitaire !
Lors que tout retrace à mes yeux
Le cruel souvenir d'un triomphe odieux.
Fuyons.... vains efforts d'un cœur tendre !
Quel changement ! ô Ciel ! je ne puis le comprendre.
Quoy ! faut-il que mon cœur si superbe autrefois,
De ton pouvoir ait peine à se défendre ?
Amour, que me sert-il d'avoir bravé tes loix ?
Je ne t'écoute plus, ma gloire s'en offence.
Pour vaincre, s'il se peut, tes charmes dangereux,
Je vais chercher le secours de l'absence :
Je veux briser tes traits, je veux rompre tes nœuds,
Je ne t'écoute plus, ma gloire s'en offence.

SCENE CINQUIÈME.

ATALANTE, ME'LE'AGRE.

ME'LE'AGRE.

ENfin je vous revoy. que mon fort feroit doux !
Que mon cœur....mais, helas! Cruelle, où fuyez-vous?
Ah ! fi vôtre fierté me doit coûter la vie,
Souffrez qu'à vos genoux mon bras la facrifie.

ATALANTE.

Qui vous force à vous immoler?
A quel vain defefpoir vôtre ame s'abandonne?
La Gloire doit vous confôler
Des chagrins que l'Amour vous donne.
Vous deviez m'obeïr.

ME'LE'AGRE.

Pardonnez à l'amour,
C'eft luy qui vous prive en ce jour
D'un triomphe que je detefte ;
C'eft luy qui dans l'horreur de ce combat funefte
M'a montré le peril qui menaçoit vos jours.

ATALANTE.

A vôtre ambition je dois vôtre fecours,
Vous êtiez jaloux de ma gloire.

ME'LE'AGRE.

Ciel ! pouvez-vous le croire?

Mais c'est trop m'abuser, je connois mon erreur.
Mon triomphe n'a point fait naître vôtre haine.
C'est moi, c'est mon amour, Ingrate, qui vous gêne.
Plexippe plus heureux....

ATALANTE.

Dieux ! quel nom plein d'horreur !
De ses jaloux transports, songez à vous défendre.

MELEAGRE.

Lors qu'à mes tendres feux
Vôtre insensible cœur refuse de se rendre,
Quelle part prenez-vous à mes jours malheureux ?

ATALANTE.

Contre le Monstre affreux,
Si vous avez tout fait pour me sauver la vie ;
Pour prix de vos soins genereux,
Dois-je souffrir qu'elle vous soit ravie?

MELEAGRE.

Ah ! ce n'est pas l'amour qui vous parle pour moy,
Tout autre sentiment m'offence.
D'une vaine reconnoissance,
Vous n'écoutez que l'orgueilleuse loy :
Mais ce cœur est vôtre victime,
Et si mon triomphe est un crime,
Frappez, & portez-moy les coups
Qu'au Monstre furieux gardoit vôtre couroux.

ME'LE'AGRE,
ATALANTE.

Hélas !

ME'LE'AGRE.

Vous foupirez, quoy ! plaignez-vous ma peine ?
De mes tendres regards vous detournez les yeux.
Vous fuyez...

ATALANTE.

Laiffez-moy m'éloigner de ces lieux.

ME'LE'AGRE.

Que craignez-vous ?

ATALANTE à part.

Je crains le penchant qui m'entraîne.

ME'LE'AGRE.

Et pourquoy de l'Amour craignez-vous le pouvoir ?
Que vois-je ! vous pleurez.

ATALANTE à part.

Falloit-il le revoir !

ME'LE'AGRE.

Contre un Amant foumis & tendre
Vôtre cœur fi long-temps devroit-il être armé ?

ATALANTE.

Hélas ! fi vous n'étiez aimé,
Aurois-je voulu vous entendre.

ME'LE'AGRE.

Ah ! quel aveu charmant !
O jour glorieux ! ô trop heureux Amant !

ATALANTE.

ATALANTE.

Peut-on, quand on aime,
Cacher sa langueur ?
Le mystere même
Trahit nôtre cœur:

ATALANTE & MELEAGRE.

Nôtre ardeur est mutuelle,
Quelle autre chaîne a plus d'attraits !
Si tu veux combler nos souhaits,
Daigne, Amour, la rendre éternelle.

ATALANTE.

Divinitez de ces Forests,
Vous, avec qui le sang me lie,
Vous, qui dés mon enfance avez guidé mes traits,
Prenez part aux transports de mon ame attendrie,
Soyez témoins du serment que je fais,
D'aimer Méléagre à jamais.

Accourez à ma voix, venez, Troupe charmante,
Voyez ce doux azile, où l'Amour vous enchante,
Reprendre tous ses appas.
Honorez le Heros qui finit vos allarmes;
Chantez le pouvoir & les charmes
Du Dieu qui dans ces lieux a retenu mes pas.

SCENE SIXIÉME.

ATALANTE, ME'LE'AGRE, une DRIADE, un FAUNE, CHOEURS de DIVINITEZ CHAMPESTRES, de BERGERS & de BERGERES.

Les DIVINITEZ Champeſtres forment une Marche.

LE CHOEUR.

Que nos craintes finiſſent,
Que ces Bois retentiſſent
De nos chants les plus doux.
Echo, repondeZ nous.

LE FAUNE.

Nous vivrons deſormais dans une paix profonde.
CouleZ tranquilement Ruiſſeaux,
Rien ne troublera plus vôtre onde.
Et vous petits Oyſeaux,
Ne gardez plus un ſi triſte ſilence,
Rappellez les Amours, & chantez leur puiſſance.

LA DRIADE & LE FAUNE.

ChanteZ, Bergers, dans ce ſéjour,
Chantez les douceurs de l'amour.

LE CHOEUR.

Chantons, Bergers, dans ce ſéjour,
Chantons les douceurs de l'amour.

LA DRIADE & LE FAUNE.

Tous les oyſeaux de ce boccage
A nôtre voix vont mêler leur ramage.

LE CHOEUR repete les deux derniers vers.

FIN DU TROISIE'ME ACTE.

ACTE QUATRIÉME.

Le Théatre ne change point.

SCENE PRÉMIERE.

PLEXIPPE.

 U'ay-je entendu , Grands Dieux !
      ce Rival que j'abhore
Va s'unir à l'Objet de mes vœux les
      plus doux !
      Et je t'écouterois encore,
Trop indigne pitié qui suspendois
      mes coups !
Mais que vois-je paroître ? Ah ! Diane , est-ce vous ?
Venez-vous arrêter , ou hâter ma vengeance ?

F ij

SCENE DEUXIÉME.

DIANE sur son char, PLEXIPPE,

DIANE.

C'Eſt Diane qui vient embraſſer ta défenſe,
   Pour punir ton Rival: pour attaquer ſes jours,
Je vais juſqu'aux Enfers emprunter du ſecours,

PLEXIPPE.

Et cependant il épouſe Atalante.
   Secours trop lent ! funeſte attente !
Quelle horreur ! ah ! plûtôt que le voir ſon Epoux ,
Mon bras va l'immoler à mes tranſports jaloux ;
Dût retomber ſur moy mon impuiſſante rage.

                           Il ſort,

DIANE.

Seconde mon juſte couroux ;
Et peri, s'il le faut, pour venger mon outrage.

SCENE TROISIÉME.

Le Theatre change & repréſente le Palais
D'ALTHE'E.

DIANE.

Gouffres qui conduiſeZ au ſéjour tenebreux,
  Exalez vos vapeurs funebres,
  Joignez à l'horreur des tenebres
   Tout ce que l'Enfer a d'affreux.
  Déja la terre tremble:
  Des feux vont embraſer les airs.
  Vous Miniſtres des Enfers,
Pour me venger, uniſſez-vous enſemble.

On entend un bruit infernal, le Theatre s'obſcurcit,
il n'eſt plus éclairé que par les feux que vomiſſent
les Enfers, & Diane y deſcend.

SCENE QUATRIEME.

ALTHE'E

Quel tremblement affreux ! quels cris ! quelles
  horreurs !
Où ſuis-je ! quelle nuit eſt icy répanduë!
  Ah ! je ſens les mêmes fureurs
  Par qui ma raiſon confonduë....
Quels funebres accens ! Dieux! Qu'eſt-ce que je voy!

SCENE CINQUIÉME.

ALTHÉE PLEXIPPE blessé, ARCAS.

PLEXIPPE.

Une barbare main vient de m'ôter la vie.

ALTHÉE.

Ah, Plexippe !

PLEXIPPE.

Ah ! ma Sœur, vengez-vous. vengez-moi.

ALTHÉE.

O Ciel !

PLEXIPPE.

Par l'amitié, par le sang qui nous lie,
Ma Sœur, ne souffrez pas
Que ma mort demeure impunie.

ALTHÉE.

Impunie ! ah ! plûtôt que la foudre en éclats
Vole sur ma coupable tête :
Que l'Enfer irrité m'apprête
Tout ce qu'il fait souffrir de tourmens & d'horreurs,
Si ma main ne vous venge au gré de vos fureurs !
Nommez vôtre Assassin ?

PLEXIPPE.

Méléagre. je meurs.

SCENE SIXIE'ME.

ALTHE'E

C'Eſt Méléagre ! O Ciel ! qu'as-tu promis,
    Barbare !
  Quel ſerment indiſcret t'a dicté ta fureur !
            Quelle ſoudaine horreur
            De mon ame s'empare !
        Chere Ombre , je vais te venger :
  Dans le ſang du Cruel mon bras va ſe plonger....
            Arrête , que pretend-tu faire ?
  Quel ſang vas-tu verſer ? quelle aveugle colere !...
  Ah , mon Fils ! c'en eſt fait ; tes jours me ſont trop
    chers ,
  Ne crain plus un couroux que mon amour déteſte :
  Je veux.... quelle vapeur s'éleve dans les airs !
  Je vois du noir ſéjour les paſſages ouverts.
  Dieux ! pour me dégager d'un ſerment ſi funeſte ,
            Laiſſez-moi deſcendre aux Enfers.

                            Althée s'évanoüit.

SCENE SEPTIÉME.

DIANE fortant des Enfers , ALTHE'E
évanoüie.

DIANE.

EXerçons en ces lieux une affreuſe vengeance ,
    C'eſt trop en ſuſpendre les traits ,
Hâtons-nous , il eſt tems que l'Enfer la commence.
En un ſéjour d'horreur transformons ce Palais.

Le Palais diſparoît , & l'on voit à ſa place un
    Deſert épouvantable.

Accourez à la voix de Diane irritée ,
Venez , Parques , venez. Et vous Demons , fortez.

  Les Parques & les Demons fortent des Enfers.

    Ranimez la fureur d'Althée ;
Pour vaincre les remords dont elle eſt agitée,
Inſpirez à ſon cœur toutes vos cruautez :
    Et pour achever ma vengeance ,
Faites que ſon ſuplice égale ſon offence.

  Diane diſparoît.

SCENE VIII.

SCENE HUITIE'ME.

ALTHE'E évanoüie, LES PARQUES,
CHOEUR de Demons.

LES PARQUES.

Nous révérons tes ordres souverains.
O vous ! qui tourmentez les Ombres criminelles,
 Venez, Eumenides cruelles,
 Prêtez-nous vos sanglantes mains.
On danse.

UNE DES PARQUES.
Que le destin d'Althée étonne les Humains
Qui refusent aux Dieux un legitime hommage.

LES PARQUES.
 Rassemblez la haine & la rage,
  La vengeance & ses fureurs :
   Qu'elle partage
Les noirs transports qui devorent vos cœurs.
On danse.

LE CHOEUR.
 Rassemblons la haine & la rage,
  La vengeance & ses fureurs :
   Qu'elle partage
Les noirs transports qui devorent nos cœurs.
On danse.

      G

ME'LE'AGRE,
UNE DES PARQUES.

A punir Méléagre, en vain ton cœur balance.

LES PARQUES.

Allume ce flambeau qu'au jour de sa naissance
En tes mains nous avons remis,
Et dans l'objet de ta vengeance,
Reine, ne connois plus ton fils.

UNE DES PARQUES.

Demons, transformez-vous pour servir la colere
De la Divinité dont nous suivons les loix;
Vous apprendrez le temps dont sa haine a fait choix,
Pour perdre avec éclat & le Fils & la Mere.

Les Parques & les Demons emmeinent Althée.

FIN DU QUATRIE'ME ACTE.

ACTE CINQUIÉME.

Le Théatre repréſente une Place ornée
magnifiquement.

SCENE PRÉMIERE.

ATALANTE, ME'LE'AGRE,

ME'LE'AGRE.

Eſſez de trembler pour mes jours,
Vainement mon Rival en attaquoit le
 cours :
  Pour nous venger d'un Temeraire
Qui formoit contre nous des projets odieux,
Ce bras que conduiſoit ma jalouſe colere
  L'a fait expirer à mes yeux.

  L'éclat d'une pompe nouvelle
  Fait briller cet heureux ſéjour.
   Que nôtre ardeur ſoit éternelle ;
Uniſſons pour jamais l'Hymen avec l'Amour.

G ij

MELEAGRE,
ATALANTE.

Ce Dieu seul dispense
Des biens si charmants,
C'est la recompense
Des tendres Amants.

ATALANTE & MELEAGRE,

Les plaisirs s'offrent sans peine,
Quand on suit ce charmant Vainqueur,
Une si belle chaîne
Fait ma gloire & mon bonheur.

On entend une Symphonie.

ATALANTE.

Mais, quels concerts se font entendre !
MELEAGRE.

Le Peuple vient ici reconnoître son Roi,
Reine, partagez avec moi
Les hommages qu'il vient me rendre.

SCENE DEUXIEME.

ATALANTE, ME'LE'AGRE, IDAS,
CHOEUR, de Peuples.

LE CHOEUR.

REgnez sur tous les cœurs, Heros victorieux,
Joüissez à jamais d'un sort si glorieux :
  Quel bonheur, quelle gloire
  De vivre sous vos loix !
  Que toûjours la victoire
  Couronne vos exploits !
Soyez, & la terreur & l'exemple des Rois. On danse.

ME'LE'AGRE.

La Reine nous attend ; Princesse, empressons-nous.
Du bonheur de nos feux rendons les Dieux jaloux ;
Allons..... Mais quel poison dans mes veines s'allume !
Sortons.....Ciel ! quel tourment ! quels horribles transports,
Ah ! de ce feu cruel qu'irritent mes efforts
  La violence me consume.

ATALANTE.

Que vois-je, Malheureuse !

ME'LE'AGRE.

    Impitoyables Dieux !
  Excitez-vous cette flame invisible ?
  Quel tourment ! quel suplice horrible !
Ah ! Princesse, je vais expirer à vos yeux.

SCENE TROISIE'ME.

ALTHE'E, ATALANTE, ME'LE'AGRE,
IDAS, CHOEUR de Peuples.

ALTHE'E.

OMbre qui fui mes pas, prends une autre Victime,
     Tes reproches font superflus :
Je n'appaiferai point le couroux qui t'anime,
Rentre dans les Enfers, je ne t'écoute plus.
Ah! je romprai plûtôt aux dépens de ma vie
     Le ferment affreux qui me lie.
     Que vois-je! quels cruels efforts
     M'entraînent fur les fombres bords!
Ah! mon Frere, eft-ce vous? que voulez-vous
m'apprendre?
     Parlez.... Ciel! que viens-je d'entendre!
Quoi! vous eftes vengé? quelle barbare main?....

ME'LE'AGRE.

Mes triftes jours approchent de leur fin.
     O ma chere Atalante!

ALTHE'E.

Quels funebres accents! Dieux! quelle voix mourante
Dans le fond de mon cœur porte un mortel effroi!
Eft-ce vous? Ah! mon Fils, quel fpectacle pour moi!

ME'LE'AGRE.

Une impitoyable Furie
Embrase tout mon sang, & m'arrache la vie.

ALTHE'E.

Je reconnois le feu qui va le consumer,
Diane , je le vois ; tu m'as fait allumer
Le flambeau.... mais malgré ta colere funeste,
Je vais de ce flambeau conserver ce qui reste.

SCENE QUATRIÉME.

ALTHE'E, ATALANTE, ME'LE'AGRE, IDAS, CHOEUR de Peuples, LESPARQUES sortant des Enfers, qui arrestent ALTHE'E.

LES PARQUES.

A Rreste. non, n'espere pas
Que ta main criminelle
Puisse l'arracher au trépas.

Les PARQUES entraînent ALTHE'E, dans un
des côtez du Théatre.

SCENE CINQUIÉME.

ATALANTE, MELEAGRE, IDAS, CHOEUR de Peuples.

LE CHOEUR.

O Difgrace cruelle !

MELEAGRE.

Je me fens confumer par ces feux devorants.
Déja le jour échappe à mes regards mourants.

ATALANTE.

Quoy ! rien ne peut calmer le feu qui le devore !
Serez-vous fans pitié, Dieux puiſſants, que j'implore ?

MELEAGRE.

Les Cruels font fourds à vos vœux.
Atalante, fuyez, un fpectacle funefte....
Que dis-je, Malheureux !
C'eſt le feul moment qui me rëſte....
Malgré le fort cruel qui fepare nos cœurs,
J'emporte aux fombres bords ce même amour.... je
meurs.

SCENE VI.

SCENE DERNIERE.
ATALANTE, CHOEUR de Peuples.
ATALANTE.

IL meurt, & je respire !
O mortel desespoir! venez, armez, mon bras,
Servez la fureur qui m'inspire,
Signalez mon amour en vengeant son trepas.
Que dis-je! où suis-je! helas! malheureuse Atalante,
Sur qui de ta fureur veux-tu lancer les traits?
Va, cour, & qu'une mort sanglante
A cet Amant si cher t'unisse pour jamais.

FIN DU CINQUIE'ME ET DERNIER ACTE.

APROBATION.

J'Ay lû, par ordre de Monseigneur le Chancelier, ME'LE'AGRE, Tragedie, & j'ay cru que le Public en verroit l'impression avec plaisir. Fait à Paris ce 21. Avril 1709. DANCHET.

H

PRIVILEGE GENERAL.

LOUIS PAR LA GRACE DE DIEU, ROY DE FRANCE ET DE NAVARRE: à nos amez & feaux Confeillers, les Gens tenant nos Cours de Parlement, Maîtres des Requêtes ordinaires de nôtre Hôtel, Grand Confeil, Prévôt de Paris, Baillifs, Senéchaux, leurs Lieutenants Civils, & à tous autres nos Jufticiers qu'il appartiendra ; SALUT: Nôtre bien amé le Sieur JEAN NICOLAS DE FRANCINI, l'un de nos Confeillers, Maître d'Hôtel ordinaire, interessé conjointement avec le Sieur HYACINTHE DE GAUREAULT Sieur DE DUMONT, l'un de nos Ecuyers ordinaires, & de nôtre tres-cher & bien amé Fils le Dauphin, au Privilege que nous leur avons accordé, pour l'Academie Royale de Mufique, par nos Lettres Patentes du 30. Decembre 1698; Nous ayant fait remontrer qu'il defiroit donner au Public un RECUEIL GENERAL DES OPERA, REPRESENTEZ PAR L'ACADEMIE ROYALE DE MUSIQUE, DEPUIS SON ETABLISSEMENT, ET QUI SERONT REPRESENTEZ CY-APRE'S, s'il nous plaifoit luy accorder nos Lettres de Privilege fur ce neceffaires, attendu les grandes dépenfes qu'il convient faire, tant pour l'Impreffion que pour la Gravure en Taille-douce des Planches dont ce Livre fera orné. Nous avons permis & permettons par ces prefentes au-dit Sr DE FRANCINI, de faire imprimer ledit RECUEIL par tel Imprimeur, & en telle for-me, marge, caractere que bon luy femblera, en un ou plufieurs Volumes, conjointement ou feparément, & de le faire vendre & diftribuer dans tout nôtre Royaume, pendant le temps de fix années confecutives, à compter du jour de la datte des préfentes. FAISONS D'EFENSES à tous Imprimeurs, Libraires, & à tous autres de quelque qualité & con-dition qu'ils puiffent être, de contrefaire ledit RECUEIL en tout, ni en partie; ni même les Planches & Figures qui l'accompagnent, & d'en faire venir ni vendre d'impreffion étrangere, fans le confentement par écrit de l'Expofant, ou de ceux à qui il aura tranf-porté fon Droit, à peine de trois mille livres d'amende contre chacun des contrevenants; dont un tiers à l'Hôtel-Dieu de Paris, un tiers à l'Expofant, & l'autre au Dénonciateur, de confifcation des Exemplaires contrefaits, que Nous voulons être faifies par tout où ils fe trouveront, & de tous dépens, dommages & interefts : à la charge que ces préfen-tes feront regiftrées és Regiftres de la Communauté des Imprimeurs & Libraires de Paris, que l'impreffion defdits Opera, fera faite dans nôtre Royaume, & non ailleurs, & ce en bon Papier & en beau Caractere conformement aux Reglements de la Librairie, & qu'avant que de l'expofer en vente, il en fera mis deux Exemplaires dans nôtre Bibliotheque publi-que, un dans le Cabinet des Livres de nôtre Château du Louvre, & un dans celle de nôtre tres-cher & feal Chevalier Chancellier de France le Sieur Phelypeaux, Comte de Pont-chartrain, Commandeur de nos Ordres; le tout à peine de nullité des préfentes : du contenu defquelles, nous vous mandons & enjoignons de faire joüir l'Expofant, ou fes ayants caufe pleinement & paifiblement, fans fouffrir qu'il leur foit fait aucun trouble ou empêchement. Voulons que la copie de ces préfentes, qui fera imprimée, dans ledit Livre, foit tenuë pour bien & düément fignifiée, & qu'aux copies collationnées, par l'un de nos amez & feaux Confeillers-Secretaires, foy foit ajoûtée comme à l'Original. COMMANDONS au premier nôtre Huiffier ou Sergent fur ce requis, de faire pour l'éxécution des préfentes, tous Actes requis & neceffaires, fans demander autre permiffion, nonobftant Clameur de Haro, Charte Normande, & Lettres à ce contraires : CAR tel eft nôtre plaifir. DONNE'à Verfailles le dixiéme jour de Juin, l'An de grace 1703. Et de nôtre Regne, le foixante-uniéme. Par le ROY, en fon Confeil. Signé, LE COMTE, avec Paraphe, & fcellé.

Ledit Sieur DE FRANCINI a fourny le prefent Privilege à *Chriftophe Ballard*, feul Imprimeur du Roy pour la Mufique, pour en joüir en fon lieu & place, fuivant leurs conventions.

Regiftré fur le Livre de la Communauté des Imprimeurs & Libraires, conformément aux Reglements, A Paris le 12. Juin 1703. Signé TRABOUILLET, Syndic.

www.ingramcontent.com/pod-product-compliance
Lightning Source LLC
Chambersburg PA
CBHW061646180626
46818CB00003B/988